Petite Ourse et son bonhomme de neige

Trace Moroney

Texte français d'Isabelle Montagnier

SCHOLASTIC

Catalogage avant publication de Bibliothèque et Archives Canada

Moroney, Tracey
[Snowman for Little Bear. Français]
Petite Ourse et son bonhomme de neige / Trace Moroney,
auteure et illustratrice ; texte français d'Isabelle Montagnier.

Traduction de: A snowman for Little Bear.
ISBN 978-1-4431-7312-4 (couverture souple)

I. Titre. II. Titre: Snowman for Little Bear. Français.

PZ26.3.M673Pet 2018 j813'.6 C2018-903850-0

Édition publiée par les Éditions Scholastic, 604, rue King Ouest, Toronto (Ontario) M5V 1E1

5 4 3 2 1 Imprimé au Canada 119 18 19 20 21 22

Conception graphique de Trace Moroney

Au fin fond des bois, par un froid matin d'hiver,
Petite Ourse dort dans son lit douillet.

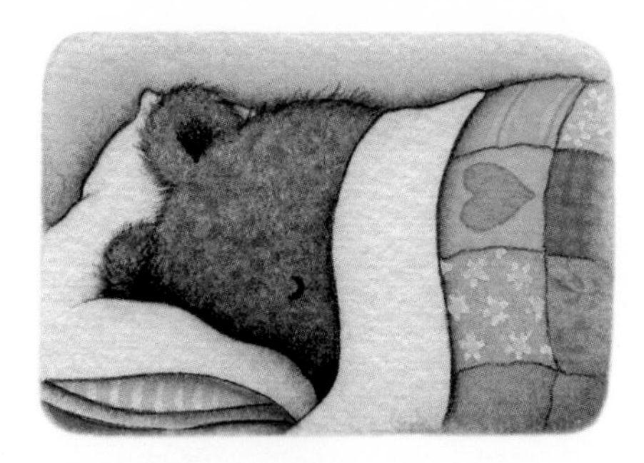

Elle se réveille...

et bâille...

SOUDAIN... elle voit quelque chose du coin de l'œil.

De gros flocons de neige cotonneux
voltigent devant sa fenêtre.

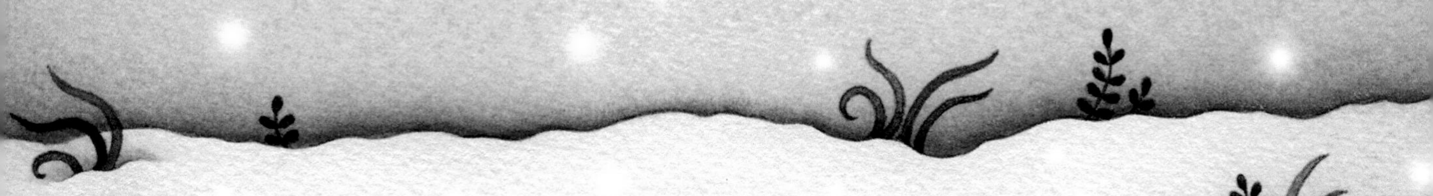

La première neige est arrivée.

Petite Ourse glousse de plaisir.
Personne n'aime autant la neige qu'elle.

Petite Ourse s'habille à la course et met :

Puis elle s'élance dans la
neige blanche et poudreuse.

Petite Ourse aime souffler des petits nuages dans l'air froid.

Elle aime attraper des flocons de neige avec sa langue.

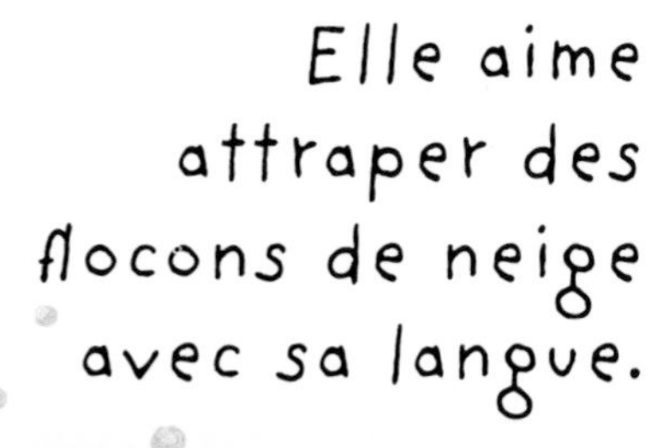

Elle aime lancer des boules de neige.

Elle aime faire
des traces dans
la neige...

et suivre celles des autres.

Elle aime dévaler les collines
sur son traîneau.

Elle aime faire
des anges dans
la neige **ET...**

elle aime surtout faire un bonhomme de neige.

Elle tasse la neige
et forme une boule.

Elle la fait
rouler et la pousse.
Han! Han!

Puis elle recule pour admirer son œuvre.
— Hum... je crois qu'il manque quelque chose.

Une famille de moineaux duveteux est venue
regarder Petite Ourse travailler et gazouille
joyeusement. La nouvelle fait
vite le tour de la forêt.

Petit Écureuil arrive.
— Regarde, Petite Ourse, j'ai exactement ce qu'il te faut. Un bonhomme de neige a besoin d'yeux.

— Bien sûr! s'écrie Petite Ourse en battant des mains de plaisir. Mais... je crois qu'il manque autre chose.

Les moineaux duveteux gazouillent à toute allure. La nouvelle fait vite le tour de la forêt.

Petit Lapin arrive.
— Regarde, Petite Ourse, j'ai exactement ce qu'il te faut. Un bonhomme de neige a besoin d'un nez.

— Bien sûr! s'écrie Petite Ourse, reconnaissante que Petit Lapin lui offre l'une de ses précieuses carottes. Mais... je crois qu'il manque encore autre chose.

Les moineaux duveteux gazouillent à toute allure. La nouvelle fait vite le tour de la forêt.

Petite Souris arrive (accompagnée
de ses sept frères et sœurs).

— Regarde, Petite Ourse, nous avons exactement ce qu'il te faut. Un bonhomme de neige a besoin d'une bouche souriante.

— Bien sûr! s'écrie Petite Ourse en souriant. Mais... je crois qu'il manque encore autre chose.

Les moineaux duveteux gazouillent à toute allure. La nouvelle fait vite le tour de la forêt.

Petit Renard arrive.

— Regarde, Petite Ourse, j'ai exactement ce qu'il te faut. Un bonhomme de neige a besoin d'un foulard.

— Bien sûr! s'écrie Petite Ourse en admirant le foulard coloré que la maman de Petit Renard a tricoté. Mais... je crois qu'il manque encore autre chose.

Les moineaux duveteux gazouillent à toute allure. La nouvelle fait vite le tour de la forêt.

Petite Chouette arrive.

— Regarde, Petite Ourse, j'ai la dernière chose qu'il te manque. Un bonhomme de neige a besoin d'une tuque.

— Bien sûr! s'écrie Petite Ourse.
Le bonhomme de neige est fini... enfin, **PRESQUE!**

— Attendez! s'exclame Petite Ourse. Il manque juste une dernière chose!

Elle se précipite dans sa maison et ressort avec un objet très spécial.

— Et voilà!

dit Petite Ourse, ravie.
J'ai ***EXACTEMENT*** ce qu'il faut!

Elle met la touche finale.

Les moineaux duveteux gazouillent la nouvelle à toute allure. Les animaux de la forêt ont fait le **plus beau** bonhomme de neige jamais vu.

Au fin fond des bois, par une froide soirée d'hiver, Petite Ourse s'étire...

bâille...

et...

s’endort.
Z Z z z z z z z

Marionnette-chaussette Petite Ourse

Fabriquer une marionnette-chaussette est un moyen facile et peu coûteux de donner vie au personnage de Petite Ourse.

N'importe quelle chaussette peut convenir, mais je préfère les chaussettes de nuit ultra douces. Elles s'étirent davantage et enveloppent mieux la main. Elles sont aussi plus duveteuses, ce qui permet de créer un personnage doux et réconfortant.

Peu importe si la chaussette présente des motifs et des couleurs vives qui n'évoquent pas une ourse; tu t'amuseras à choisir des couleurs pour les oreilles, les pattes, les mitaines et d'autres éléments assortis à la chaussette. Si tu préfères, tu peux tricoter une chaussette avec de la laine douce.

Utilise les modèles fournis pour réaliser les oreilles, les pattes, la bouche, les mitaines et d'autres accessoires, ou crée les tiens.

Matériel requis :

- Chaussette de nuit ultra douce
- Feutre (couleurs assorties) ou carton souple
- Ciseaux
- Colle à tissu
- Pistolet à colle (ou fil et aiguille, si tu préfères coudre)
- Crayon ou craie
- Yeux (boutons, yeux mobiles de magasin d'artisanat ou cercles découpés dans du feutre noir)
- Pompon (pour la tuque)
- N'oublie pas : Demande de l'aide à un adulte au besoin et surtout amuse-toi bien en créant ta propre Petite Ourse!

Marche à suivre :

1. Enfile la chaussette sur ta main. Tes doigts réunis forment le haut de la bouche (au bout de la chaussette) et ton pouce forme la partie inférieure (place-le à l'endroit du talon). Enfonce le tissu dans le creux de ta main pour créer l'intérieur de la bouche. Exerce-toi à la faire bouger en ouvrant et en refermant les doigts sur le pouce.
   Facultatif : Si tu préfères, insère et colle une bouche en carton dans la chaussette. Cela donnera une bouche plus rigide. Je préfère ne pas en ajouter, car je peux créer plus d'expressions faciales rigolotes en me servant uniquement de ma main.

2. Avec ton autre main, indique l'emplacement des yeux. Retire la chaussette, puis colle ou couds les yeux.

3. À l'aide des modèles fournis, trace ou copie les formes sur le feutre. Chaque oreille, chaque patte et chaque mitaine consistent en deux formes de feutre identiques collées ensemble. Tu devras donc découper quatre oreilles, quatre pattes et quatre mitaines dans les couleurs de ton choix.

4. Colle deux morceaux identiques ensemble pour créer chaque partie du corps de l'ourse. Par exemple, colle deux formes de patte ensemble pour créer une patte plus épaisse. Colle les mitaines au bout de chaque patte.

5. Découpe la bouche, la langue, le nez, le cœur, la tuque et le foulard dans du feutre de la couleur de ton choix. Tu n'auras besoin que d'un morceau pour chacun.

   La queue est le bout rembourré d'une autre chaussette que tu colleras à l'endroit voulu.

6. Remets la chaussette sur ta main et, avec ton autre main, choisis l'emplacement des oreilles. Retire la chaussette, puis colle ou couds les oreilles. Fais la même chose pour la bouche, la langue, le nez, le cœur et le foulard.

7. Et pour finir, fais un gros câlin à ta nouvelle amie, la marionnette-chaussette Petite Ourse!

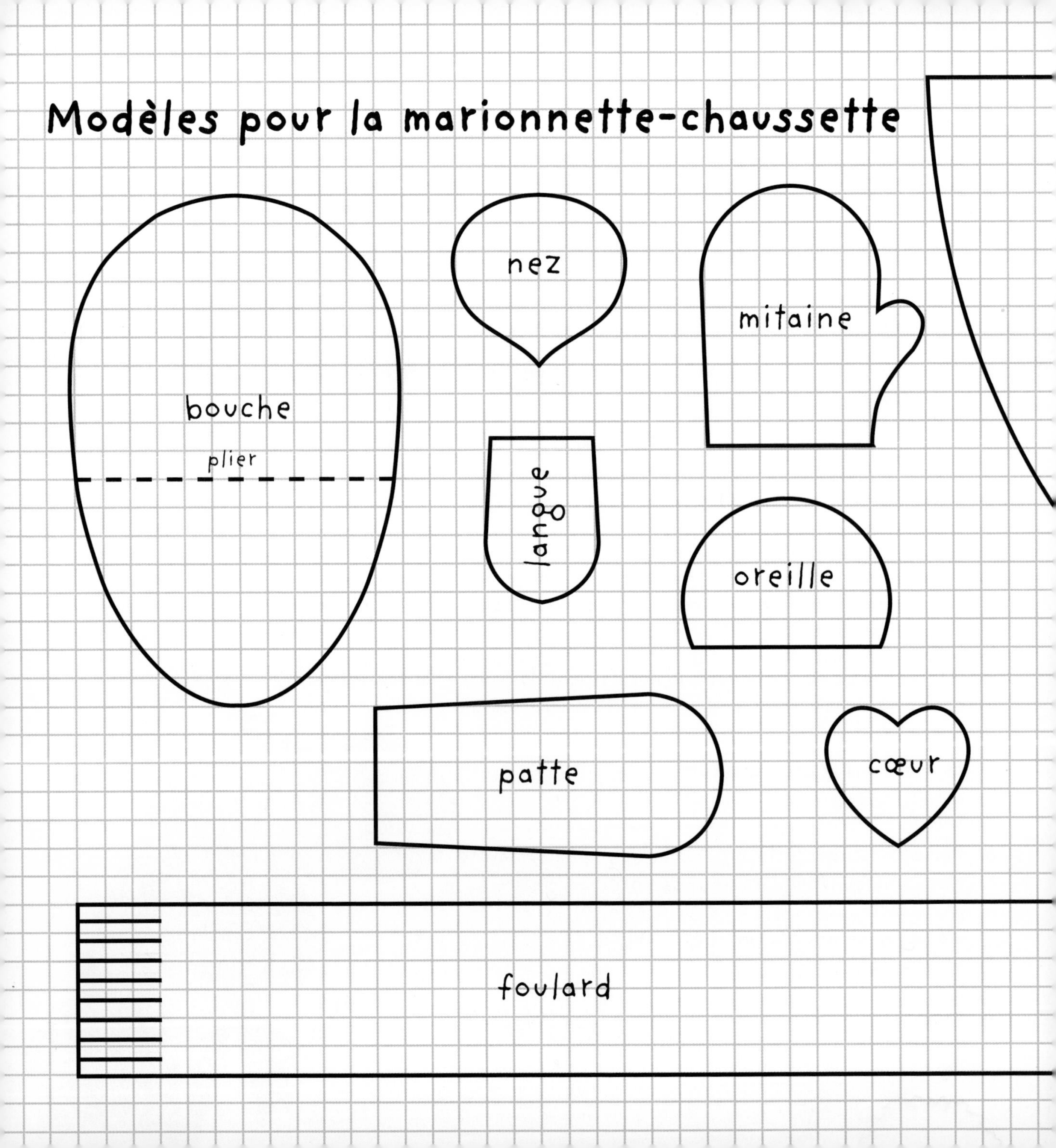
Modèles pour la marionnette-chaussette
nez
mitaine
bouche
plier
langue
oreille
patte
cœur
foulard

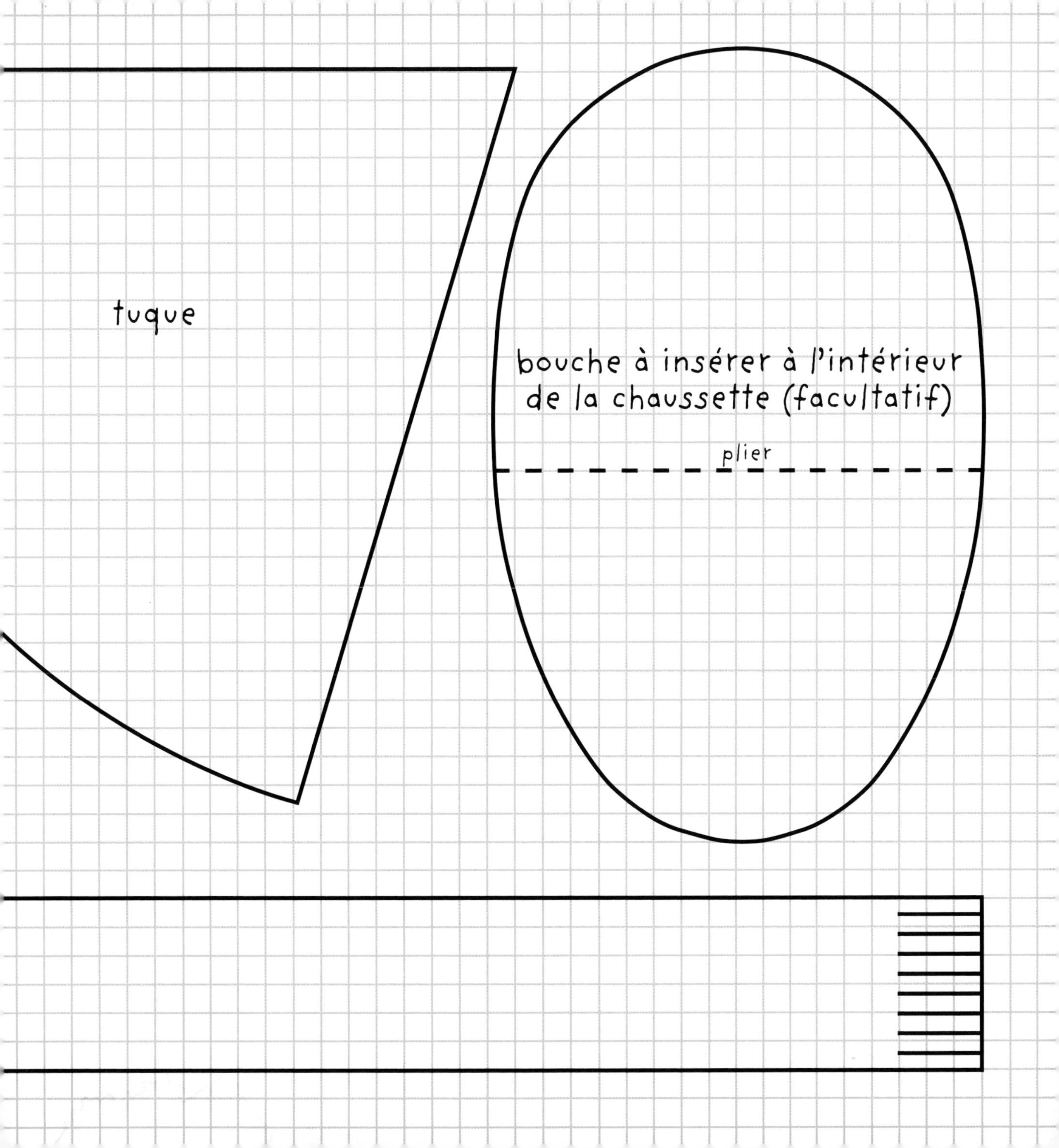
tuque
bouche à insérer à l'intérieur
de la chaussette (facultatif)
plier